AF385211

# UN DRAME

## Dans une carafe.

# UN DRAME

## DANS L'ILE [...]

par

E. DE BEAUVON

DESSINS PAR [...]

PARIS

[...]

[...]

# UN DRAME

## DANS UNE CARAFE

PAR

E. DE BEAUMONT

DESSINS PAR LOUIS LELOIR

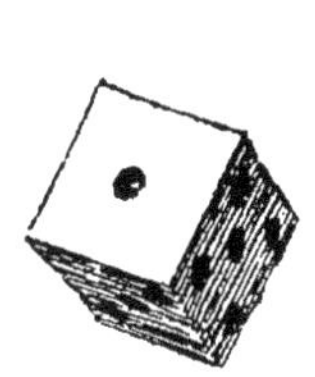

PARIS

LIBRAIRIE DES BIBLIOPHILES

Rue Saint-Honoré, 338

M DCCC LXXXII

# NOTE DE L'ÉDITEUR

J'ai trouvé dernièrement chez Édouard
de Beaumont, pour qui je vais mettre
sous presse le second volume de sa
*Bibliothèque de l'Épée,* une toute petite
nouvelle qu'il s'est amusé à écrire durant
son séjour d'été à Dieppe.

D'abord il refusait de me la laisser
publier, alléguant surtout le peu d'importance du texte. Mais son ami, Louis
Leloir, étant venu à mon aide en lui
offrant, pour ce récit charmant, les déli-
cieux petits dessins que vous allez voir

au courant des pages, j'ai triomphé de sa résistance.

C'est pourquoi je puis mettre aujourd'hui sous les yeux des bibliophiles cette plaquette d'*Un Drame dans une carafe,* que je leur présente comme une friandise de haut goût.

D. J.

# UN DRAME

## DANS UNE CARAFE

# DÉDICACE

---

*A vous, Madame, qui avez*
*Un corps d'albâtre,*
*Un sein d'ivoire,*
*Des lèvres de corail,*
*Des dents de perle,*
*Des yeux en saphir,*
*Des sourcils d'ébène*
*Et des cheveux d'or,*
*Est dédié ce mince volume dont*

mon ami bien aimable Louis Leloir
a parsemé les feuillets de délicats
et ravissants dessins.

Après cet hommage que je vous
prie d'agréer, Madame et si joli
petit monstre, je vous fais avec
recueillement les six grands saluts
de l'Inde.

E. DE BEAUMONT.

# UN DRAME

## DANS UNE CARAFE

---

### I

’IL me fallait deman-
der la grâce d’un
condamné, je sup-
plierais, si faire se
pouvait, le quelcon-
que tout-puissant du jour aussitôt
après son dîner, et voici pourquoi
je choisirais cet instant-là.

Il est à remarquer que sur la fin d'un repas succulent il se produit, même dans les plus apathiques, une éphémère exaltation, soit outrecuidante, soit attendrie. Alors procède de l'estomac satisfait une sorte d'accès de bonne humeur où chacun, selon son genre de tempérament, se suppose et s'exagère des mérites qu'il n'a pas du tout à jeun.

En pareille condition, a dit Sterne (chapitre II de son *Voyage sentimental*), nos veines se dilatent, nos artères battent dans une parfaite harmonie, et les organes de la vie accomplissent leurs fonctions avec un frottement des plus légers.

Pendant une heure environ que dure cet état plus ou moins surexcité, on se sent héroïque, magnanime, compatissant, et quelquefois même tout à fait tendre. Ce dernier phénomène gastrique se manifeste surtout dans la galante bienveillance des dames, quand elles ne sont pas à outrance sanglées par leur corset.

## II

A la fin de certaine belle et dernière journée de septembre, j'étais animé des sentiments d'élite que comporte, comme je viens de le dire, l'intime fermentation. Ayant dîné seul, ce qui laisse au sans gêne égoïste son bien-être intact et sa complète élasticité, je jouissais *entre chien et loup* de ce plaisir qui consiste à se sentir infiniment mieux aimé par soi-même que par les autres, quand, à la lumière rose et dorée de la lampe que l'on venait d'apporter sur la table, j'aperçus devant moi, tombée

dans l'eau de la carafe, une des dernières mouches de l'année.

### III

Malgré la bienveillance banale que provoque et exalte l'usage des mets délicats et des vins légers de France, ce n'est pas à dire pour cela que durant leurs effets prévus l'on ne se tienne très en garde contre toutes espèces d'idées ou d'émotions désagréables ou cha-grines.

Si par hasard on est forcé d'en subir une pour une fois, on exige du moins qu'elle soit convenablement amenée et présentée sans éclat ni secousse, avec quelque recherche et quelque ajustement de mise en scène.

Pour le monde, évoquer une idée pénible, fût-ce même entre deux tasses de thé, ce qui cependant fait passer bien des choses, c'est

commettre un acte manifeste de mauvaise compagnie. « *Ça jette un froid* », comme dit certaine chère madame, vraie déesse surannée de toutes les actuelles libertés. En résumé, c'est pour l'acquit de sa conscience et par besoin d'irresponsabilité que, pendant ou après le dîner, avant de retomber en habituelle sécheresse de cœur, la personne sollicitée (si l'on ne s'attaque ni à ses écus ni à son bien-être) se montrera presque toujours accessible.

Cette certitude une fois établie, je dirai que, me trouvant tout à

coup spectateur du drame en mi-
niature dont j'ai commencé d'indi-
quer le prologue, j'eus le bon esprit
de ne pas me formaliser de voir
exposée devant moi, sans le moindre préambule, l'image d'une rup-
ture avec la vie, — ce qui est un
fait toujours désagréable, même
aux yeux d'un héritier.

Une plus grosse bête dans ma
carafe, un frelon par exemple, ou

seulement une guêpe, m'aurait

alors sans doute agacé bien plutôt
que distrait ! Ma susceptibilité cho-
quée eût à coup sûr mal pris la
chose si elle se fût présentée sous
une forme moins délicate que celle
d'une mouche de chambre. Cela
m'eût poussé trop loin sur la voie
du mécontentement toujours in-
digeste. Au contraire, j'avais là,
presque sur mesure, ce qu'il me
fallait pour l'instant d'intérêt futile

dans une sorte d'attraction visuelle
d'effet indécis et quelque peu pit-
toresque en ses reflets.


## IV


Au mois de juillet (je m'en ex-
pliquerai plus loin), j'eusse, sans le
moindre doute, en faisant simple-
ment enlever la carafe, laissé l'in-
fusion de la mouche se prolonger
indéfiniment; mais, comme je l'ai
dit plus haut, on était à la fin de
septembre, et j'avais eu le temps,
depuis la canicule, d'oublier les
persécutions dont, pendant cette

brûlante période, m'avaient obsédé les taquins démons de l'été. Ma rancune s'était calmée avec les premiers frais de l'automne.

L'espèce de harpe éolienne, la corde ou plutôt la fibre mystérieuse qu'un vieux refrain, un parfum ou quelque mélodie passant dans l'air, en rappelant certains jours d'autrefois, font vibrer dans l'intimité de mon être, s'émut tout à coup, et, sous l'influence occulte déjà signalée, je m'apitoyai sur le sort d'une mouche en détresse. Vu ainsi, isolé au milieu de l'eau et d'un vase de cristal, ce petit corps sans

mouvement présentait une sorte
d'intérêt piteux. Je trouvais dans
son immobilité discrète, et précisé-
ment en raison de son peu d'importance, un je ne sais quoi tout
en sa faveur dont s'émut l'ensemble
de ma sensibilité disponible.

## V

Je veux ajouter ici, comme nouvelle excuse à ma pitié ridicule, que
cette mouche n'était pas une de ces
mouches bleues, bourdonnantes,
grossières et malsaines, qui fréquen- 
tent les mauvais lieux et recher-

chent les friandises de corbeaux;
non, je dirai de nouveau, pour
justifier quelque peu la bizarrerie,
mieux serait l'absurdité de ma
conduite, que c'était une mouche
silencieuse et proprette, aux ailes
transparentes et lustrées, à la taille
mince, au corselet noir cendré; 
une de celles qui hantent les bonnes
maisons, où durant le jour elles
voltigent dans un rayon de soleil

ou marchent au plafond tout à
l'envers, comme les pensées des

jeunes femmes, et qui, le soir venu, se nichent de préférence dans les chambres à coucher qui sentent bon les fleurs, la poudre d'iris ou la peau d'Espagne.

C'était, en un mot, une de ces fines mouches qui, de leurs pattes

menues trempées d'encre, fournirent, il y a près de deux siècles de cela, le premier modèle de ce genre d'écriture illisible dont les dames ont tant abusé depuis. Enfin c'était une de ces mouches impertinentes et coquettes qui donnèrent jadis aux galantes précieuses, puis aux libertines marquises, l'idée de se moucheter le coin de l'œil, la joue, les lèvres ou le sein.

## VI

Avant de continuer mon récit, je dois avouer que mes sentiments pour les vraies mouches avaient été jusqu'alors absolument contradictoires. Ils étaient alternatifs, en raison du chaud ou du froid. L'été, j'étais contre elles du parti de l'empereur Domitien, qui se plaisait à les empaler toutes vives avec un

poinçon ; mais pendant l'hiver j'inclinais au contraire à la sollicitude que leur montraient certains anciens brames de l'Inde.

L'été, je voyais avec une extrême
satisfaction des assiettes pleines de
mouches mortes sur des carrés de
papier imprégnés d'arsenic; il m'é-
tait même arrivé de lire avec joie,
en plein soleil d'août, cette affiche
dictée par un *Comité consultatif de
bien public :* « Il suffit d'un mélange
de quassia, de miel et de savon
pour tuer les mouches.....»

J'étais donc pour elles un ennemi juré durant les grandes cha-

leurs; mais je devenais indulgent une fois la neige et les froidures de décembre arrivées. Alors, si j'apercevais chez moi, y étant seul, une de ces pauvres petites repré-  sentant assez bien la misère humaine qui, tout épuisées par le jeûne et engourdies par le froid, ne deman- dent pour ne pas mourir qu'un peu d'aliment et de soleil, je me sentais, je l'avoue en rougissant, tenté de la réchauffer de mon souffle et de la nourrir de mes confitures. J'ai toujours eu la plus grande véné- ration pour le mécanisme de la vie, aussi bien dans le plus petit

insecte que dans une alerte jolie
personne.

## VII

Le *cœur humain*, c'est-à-dire l'estomac des gens bien nés, a parfois,
même entre les repas, des raffine-
ments de sensiblerie rappelant les
vapeurs qui font pleurer en cachette
les toutes jeunes filles et même les
vieilles. C'est sur cette hystérie de
l'attendrissement que repose et que
s'exerce le charlatanisme des tres-
saillements de profondeur intime.
Ils se manifestent dans l'année à cer-

taines époques fixes, entre autres (et cela même sans l'excuse d'un deuil personnel) chaque 1er novembre devant des couronnes d'immortelles en zinc, en porcelaine, ou en fonte émaillée, pour douleur éternelle ou pour regrets, absents et économiques.

De tout temps les divers degrés d'intensité que doivent avoir telles ou telles émotions humaines ont été réglementés par les convenances et par les modes; il est en ce monde avec la fibre nerveuse bien des accommodements. Ainsi, à dater de 1832, fut réformée comme vieil-

lerie l'odorante
manifestation de
l'éther dans les si-
magrées de sen-
sibilité féminine.

Les femmes de
qualité, qui, de-
puis Lesbie, pleu-

rent parfois sur quelque oiseau
mort de nostalgie dans une cage
dorée, présidaient d'ordinaire avec
joie, avant la sensiblerie chré-
tienne, aux égorgements humains
dans les cirques de Rome.

De nos jours, les dames les
mieux faites pour s'attendrir assis-

tent assez gaiement et applaudissent de leur éventail fermé ou de leurs petites mains, dégantées *sur prétexte*, aux sanglantes courses de taureaux, aux élégantes tueries de la chasse, à l'hallali du cerf et au massacre du *tir aux pigeons*, durant lequel elles ne montrent aucune pitié devant la palpitante agonie de l'oiseau chéri de Vénus.

Émettez sur cette observation le jugement qu'il vous plaira ; quant à moi, je me bornerai à déclarer que je ne m'explique guère certains effets disparates produits en général dans l'esprit d'une jolie femme de classe et d'intelligence moyennes, ou bien dans l'estomac d'un n'importe qui, par la lecture des deux entre-filets que je vais, dans leur forme textuelle, citer ici comme simple exemple.

« Un épouvantable accident vient de plonger dans la consternation les habitants de la commune d'Ozery : une vieille paysanne, âgée de quatre-vingt-deux ans, s'est laissée tomber la tête la première dans un puits d'eau bourbeuse; faute de cordes on est allé, mais trop tard, chercher les pompiers... »

A cette nouvelle, notre ineptie, chez l'un et l'autre sexe, dresse l'oreille, et l'émotion se manifeste tout à coup. Mais si, plus loin, le même journal publie les lignes suivantes : « Nos troupes, les représentants de notre jeune armée, ont, dans cette rencontre partielle, très bravement culbuté l'ennemi, lui infligeant des pertes considérables; quant à nous, nous n'avons guère perdu qu'une centaine d'hommes et seulement quelques officiers, » ce bulletin de victoire, loin de nous affliger, nous satisfait au contraire, et nous passons *d'un cœur léger* à l'article

financier, plus intéressant aujour-
d'hui que tout au monde.

Je ne raisonne pas, je constate
seulement que notre sensibilité
journalière, ayant, pour s'émou-
voir, à choisir entre un événement
mesquin et une catastrophe impor-
tante, trahit toujours sa prédilec-
tion pour l'accident rétréci.

Celui du puits, dans sa mise en
scène villageoise, a bien plus d'action sur l'appareil nerveux du lec-
teur que la péripétie terrible et san-
glante des blessés et des morts d'un
champ de bataille. La pensée se dé-
robe devant cette dernière image.

« Après tout, c'est de la *chair à canon* que tous ceux-là » ; quant aux ennemis, on considère leur destruction en masse avec ce même contentement qu'on a de voir sur un buffet de table d'hôte, en plein été, des tas de mouches, mortes as-

phyxiées sur les crèmes ou autres douceurs du dessert préparé. C'est autant de moins pour demain, aime-t-on à se dire.

Ce que je viens de citer expliquera comment je fus séduit, ainsi que tant d'autres, par l'attraction d'un sujet d'attendrissement rapetissé.

Donc, mon état de bien-être y aidant, j'eus pitié de la mignonne créature que je voyais submergée. Il me semblait, malgré son immobilité, qu'il y avait en elle encore quelque soupçon d'existence. Puis une pensée absolument folle me traversa le cerveau. Cette mouche avait l'air jeune ; peut-être s'était-elle noyée par amour. Cette supposition de suicide passionné me plut, j'en conviens, et me fut sympathique au dernier point.

## VIII

Avec toute mon adresse ma-
nuelle et ma prétention à la légèreté de tact, je parvins, non sans
peine, mais du moins sans secous-
ses, à repêcher la pauvre petite
que j'espérais pouvoir, par mes
soins, sauver de l'asphyxie complète.
Je l'étendis sur la nappe, dans la
pose de la Virginie noyée
de James Bertrand, et,
tout en guettant l'état de ma protégée, je laissai divaguer ma pensée.

## IX

Rappeler à la vie un être mourant, quel qu'il soit, c'est une action digne de la suffisance humaine. C'est le mieux que nous puissions faire, car le bon Dieu nous a dit : « Mes enfants, vous n'irez pas plus loin, contentez-vous de vous reproduire, puisque cela semble vous être agréable ; créer n'est point votre affaire, quoique vos dictionnaires gasconnent sur le mot.

« Je vous arrête net aux œufs de

canard, que certains *gentlemen* se sont appliqués à couver par morgue ou flegme britannique.

« Vous pouvez à distance, sans trop courir de risque, tuer beaucoup de vos semblables avec vos obus, vos mitrailleuses, vos torpilles, ou rien qu'avec une casquette chargée de dynamite, mais je vous défie bien de créer une simple mouche. »

Ici le mot simple est de pure modestie divine, car sous le ciel rien n'est simple, pas même la bêtise d'un imbécile.

## X

Vous êtes-vous jamais représenté l'importance d'une mouche dans l'ensemble social en plein été ? Avez-vous songé que depuis les Grecs, depuis les empereurs de Rome, les mouches figurent dans la fable, dans l'histoire, le blason, les ordres honorifiques, et même, de nos jours, dans le potage des banquets populaires ?

Une simple mouche, par son action irritante, peut, en s'attaquant

aux diplomates d'un congrès, dé-
cider de la destinée des royaumes
ou des républiques. Elle peut aussi,
en se posant mal à
propos sur notre
nez ou sur celui de
nos censeurs ou de
nos juges, compro-
mettre notre avenir, notre avan-
cement et notre fortune. Elle peut,
d'autre façon, anéantir nos espé-
rances ou faire avorter nos projets.
Partout elle nous poursuit, nous
atteint et nous persécute dans
l'accomplissement de nos fonctions
cachées ou de nos devoirs officiels,

dans l'exercice de notre profession la plus pédante aussi bien que dans celui de nos plaisirs les moins solennels et les plus mystérieux.

Au collège, à la Sorbonne, au parquet, à l'Académie, et surtout à la Chambre, où du temps des mouches (quelle mouche les pique ?) les orateurs maussades deviennent grotesques ou furieux, une mouche taquine peut, en troublant notre mémoire, nous faire perdre notre dignité professionnelle, notre esprit préparé, notre considération surfaite, notre place dans le gouvernement ou l'estime

et les faveurs de nos contempo-
raines, en nous rendant à leurs
yeux ou à leurs pieds absolument
incapables de ne pas être ridicules.

Une mouche peut aussi, en
séance de cour d'assises, faire con-
damner un innocent par un prési-
dent et un jury qu'elle vient d'exas-
pérer à l'excès. Elle peut réveiller
la garde qui dort à la porte du
Louvre (mais des mouches ne dé-
fendent pas les rois). Elle peut in-
terrompre un joli rêve, ou bien
évoquer tout à coup un gentil
vieux souvenir.

## XI

A propos des souvenirs que les mouches peuvent réveiller, je vais, si vous le permettez, vous dire le rôle que deux mouches à l'état de cadavres ont joué jadis dans ma vie.

J'étais à Paris, j'avais vingt-deux ans, un oncle en Bretagne, et pour l'instant une maîtresse rue Saint-Jacques : le premier m'envoyait de l'argent trop rarement, et la seconde m'envoyait trop souvent pro-

mener, car elle était incapable,
cette chère petite, de la moindre
privation, et je ne pouvais guère
qu'en rêve lui offrir de scarabée

d'émeraude dans quelque rose na-
turelle ou dans une anémone, dite
fleur des soupirs.

Jolie comme un cœur, joyeuse
comme un éclat de rire, enfant d'un
premier lit — en acajou, — elle
s'appelait Nina, ou Ninette, si vous
aimez mieux. Elle n'avait en ville
qu'un seul défaut, selon moi, celui
(qu'on me passe ce calembour)
de faire, comme la loi, tout son
possible pour être suivie.

Un jour qu'à son intention j'étais
en partance pour aller à Quimper
draguer un peu d'or dans le Pactole,
c'est-à-dire demander à mon oncle

de m'avancer quelques louis, elle

me servit, à la fin de notre déjeuner
d'amoureux, un fromage à la crème
paré de deux mouches défuntes.

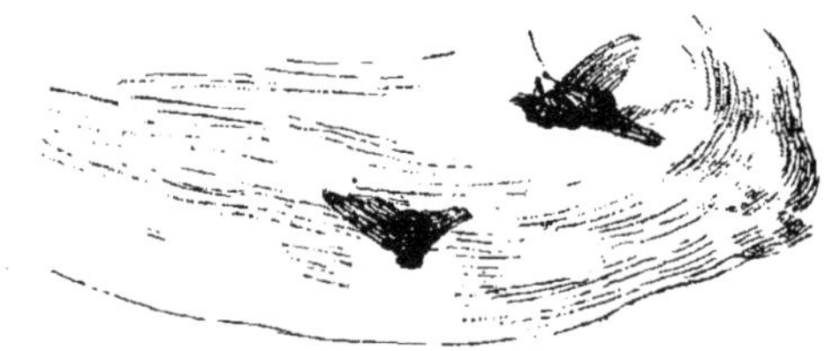

Ces deux mouches furent le prétexte de notre brouille. En cette

circonstance, le repas étant des plus chiches, la mauvaise humeur y remplaça l'aimable épanouisse-ment de la belle digestion.

Après un échange de paroles acerbes, nos adieux mutuels furent très froids, et dès mon arrivée à destination, le soir du lendemain, je signifiai par la poste à Ninette son congé définitif.

Pour le formuler avec une cer-taine politesse, pour dorer la pilule (expression détestée des Médicis), j'employai cette façon de procéder que dicte en poésie la prétentieuse muse Érato :

« Prendre quantité de phrases indépendantes de la pensée principale, afin de délayer l'idée que l'on pourrait en prose exprimer d'un seul mot, et puis mêler le tout bien en mesure. »

Je commis donc pour Ninette des vers, — quoique je fusse bien convaincu qu'elle ne saurait trop sur *quels pieds* les prendre.

Les voici, je me les rappelle : car, malgré leur peu de mérite, je pris beaucoup de peine à les faire.

## XII

Sur un fin rameau d'une épine blanche
Où vient se bercer la rosée en pleurs,
Chante un rossignol, et la frêle branche
Tremble et doucement effeuille ses fleurs.

*Ninette, il fait nuit, j'ai le rêve triste,*
*Je tourne au tragique, et dans un soupir,*
*Nini, mon amour, devenu trappiste,*
*Dit à ton amour : Frère, il faut mourir !*


*Ils ont tous les deux duré trois semaines,*
*C'était par bonheur le temps des lilas ;*
*O fragilité des choses humaines !*
*A chaque moment il faut dire : Hélas !*


*Chacun dit : Hélas ! Le Grand-Turc lui-même*
*S'attriste en jetant un nouveau mouchoir.*
*Voilà qu'un matin tout à coup l'on aime,*
*Hélas ! et déjà c'est fini le soir.*


*Je suis loin de toi, tu vois, j'en profite,*
*Prenant de grands airs de légèreté,*
*Pour te rendre aussi libre, ma petite,*
*Que l'est un oiseau mis en liberté.*

— XLV —

Va ! mais ne crois pas, blonde charmeresse,
Que nous l'oublirons d'ici bien longtemps
Cet accès de joie où notre jeunesse
S'est épanouie avec le printemps.


Quand tu souriras de te voir jolie,
Quand j'irai gaîment à d'autres plaisirs,
Bien sûr, dans un peu de mélancolie,
Ils nous reviendront nos bons souvenirs.


Partageons, veux-tu, dis, mon ex-Ninette ?
Ces restes chéris du roi des beaux jours,
Et chantons sur l'air de landerirette :
Notre amour est mort... Vivent nos amours !

## XIII

J'avais tant bien que mal, comme vous voyez, adouci la chose. En réponse à mon épître, je reçus sous enveloppe et non affranchi, ce simple mot : — *Zut !*

Ainsi se résuma pour moi le premier chapitre des déceptions flagrantes et des illusions perdues. C'était bien la peine d'avoir ciselé trente-deux rimes, puisqu'un seul mot, rien qu'un tout petit mot de trois lettres et d'une syllabe, exprimait mieux dans son laconisme tout ce que j'avais voulu dire avec beaucoup trop de phrases et de ménagements.

J'en étais donc à me rappeler que je devais surtout à deux mouches mortes sur un fromage à la crème d'avoir depuis simplifié mon style sentimental, et je m'en félicitais, je l'avoue, quand, à ce point de ma rêverie, je surpris avec plaisir dans un faible tressaillement du petit être en syncope (que durant mes réflexions je n'avais pas cessé d'observer) un premier signe de son retour à la vie.

Une de ses ailes venait de frisson-
ner, la légèreté reprenait le dessus.

Il m'était arrivé déjà, en circonstance de pareil genre, d'assister à
la fin de certaine pâmoison termi-
née dans le même esprit.

Un jour, à Meudon, me trouvant sur la rive de la Seine, j'avais
contribué au *sauvetage* d'une jolie
fille évanouie. Cela m'avait permis
de l'admirer tout à mon aise, au
moment où, gisant en son plus que
collant costume de bain, elle reprenait avec minauderies ses sens et
les charmeurs instincts de son sexe.
Eh bien, je retrouvais peu à peu

dans ma mouche étendue sur la nappe les mêmes attitudes et les mêmes gestes maniérés que j'avais remarqués dans la jeune femme toute mouillée, me montrant avec une extrême complaisance son ensemble potelé et son pied fort petit.

*Ne regardez jamais que les pieds qu'on vous montre.* Selon cette sentencieuse recommandation de ma jeune expérience d'alors, je me trouvais, à Meudon, tout à fait dans mon droit en continuant de bas en haut mon simple examen préalable, et je pus, cette fois encore, remarquer que moins une femme est vêtue, plus elle est coquette.

## XIV

Il y a chez les dames en général, dans leur façon de s'évanouir ou plutôt d'en faire le semblant, une idée fixe et dominante : imiter dans la pose pâmée celle d'une fleur d'ancolie, puis tomber avec grâce, comme les gladiateurs s'y étudiaient pour mourir dans les cirques en amusant leur gentil public de courtisanes et de vestales. Pardonnez-moi cette remarque incidente, et que la dernière femme réellement évanouie par sensibilité qui me blâmera de douter que *c'est bien vrai* me jette où elle voudra une première goutte de vitriol.

Je reviens à mon sujet : ma mouche, dont, en raison de l'extrême rapprochement, je voyais toutes les formes (encore mieux que je n'avais pu voir, le jour même de l'accident, celles de la baigneuse de Meudon), s'était, « tirant l'aile et traînant le pied », séchée en s'épongeant de la nappe. Alors, ragaillardie par la chaleur de ma lampe, elle commença une de ces 

toilettes prétentieuses qu'avec tant de satisfaction nous avons vu faire, sur le minuit, à certaines maîtresses élégantes et très soignées.

Petite patte deci, petite patte delà, passant d'un geste coquet sur le front et sur la nuque, geste de nymphe sortant de l'eau et geste qu'on voit aussi faire aux chattes, annonçant la pluie ou l'orage. Puis, après cette toilette pleine d'afféterie, la mouche s'étira plusieurs fois la taille, et ses ailes firent gaiement frou-frou comme la soie d'une robe à traîne.

## XV

Il y a, remarquez-le, je vous en prie, dans une mouche d'appartement, beaucoup de l'être féminin ; j'insiste sur cette idée. Si, n'étant pas observateur, vous doutez du fait, reconnaissez du moins, dans le simple but de m'être agréable, qu'il y a beaucoup d'une mouche dans les chères idolâtrées.

J'ai besoin, je l'avoue, de cette attrayante analogie, qui peut seule expliquer et justifier jusqu'à un certain point le plaisir que j'éprouvai en voyant par degrés mon sujet ailé rentrer en possession de sa toute petite âme.

Considérez une mouche et une femme, et vous surprendrez, dans ces évaporés chefs - d'œuvre de toutes les créations légères, la même activité incohérente, affolée, fantasque, infatigable, la même façon de s'agiter en zigzag, sans raison et sans but, sous le soleil, ou bien de tourner en cercle sous les lustres des salons. La même inconscience du vrai, de l'impossible, de l'éternelle vitre enfin, contre laquelle, au réel et au figuré, femmes et mouches se butent imperturbablement depuis le premier moraliste et le premier vitrier.

Les femmes ont, comme les mouches, la même persévérance dans l'action taquine, la même obstination à poursuivre qui les fuit ou qui les chasse. Remarquez également cette similitude dans leurs manières d'agir : les mouches, qui se posent avec effronterie sur notre visage, y choisissent d'ordinaire cette même saillie centrale dont les femmes, afin de nous mener par là où elles veulent, s'emparent tout de suite dès qu'elles ont été tant soit peu — absolument — en face de nous. De plus, si, pendant la belle saison, en n'importe quelle ville du monde civilisé, vous entrez chez un confiseur, chez un fleuriste ou chez un pâtissier, vous y trouverez à coup sûr, ainsi que devant toutes les glaces et miroirs des beaux magasins, des femmes coquettes et de fines mouches.

## XVI

Pendant qu'une foule de pensées baroques me venaient sous toutes les formes, ma légère protégée, tout à fait remise de sa syncope et complètement séchée, ayant repris par saccades ses allures frisques et prestes, fit une pirouette et s'envola.

Je la cherchais des yeux : elle avait disparu ; peut-être s'était-elle réfugiée au fond de la chambre, dans l'ombre projetée par l'abat-jour de ma lampe, ou bien s'était-elle nichée pour la nuit dans des fleurs placées derrière moi.

*Adieu va!* ma petite. —La voilà sauvée, pensais-je, et je lui souhaitais d'éviter pour toujours les hirondelles, les pêcheurs de truites et les toiles d'araignée. *Adieu va!* — Et j'allais n'y plus songer.

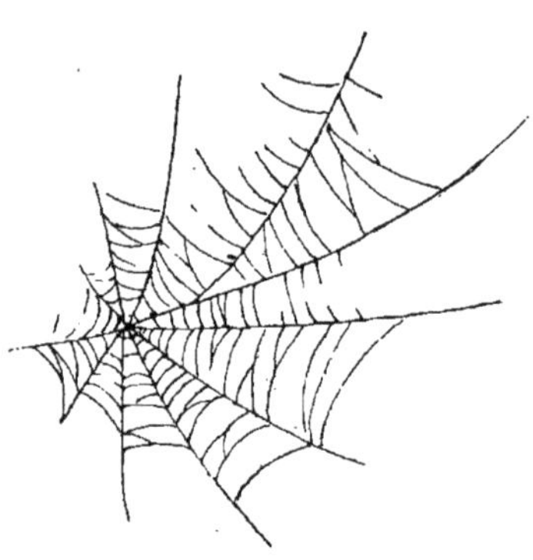

On avait desservi ma table ; seule la carafe théâtre de l'accident avait été laissée là par oubli. Je m'étais accoudé sur un volume de l'*Encyclopédie*, et le hasard me fit y lire d'abord ce passage d'une philosophie quelque peu ténébreuse : « L'idée de la fatalité est celle d'un pouvoir inexorable, funeste, agissant par une suite d'opérations qu'enchaînent des liens indissolubles et occultes... »

## XVII

Je me préparais à tourner la page pour continuer ma lecture, cherchant un sujet moins abstrait, quand une ombre mince et rapide passa sur mon livre.

« Hélas ! ô misère, ô légèreté ! » — ô fatalité ! — devrais-je dire ; la mouche, sauvée des eaux comme Moïse, s'était ravisée, et voilà qu'elle prenait tout à coup pour le soleil le foyer lumineux de ma lampe.

Deux tours de vol au-dessus du

verre, et la pauvre petite tomba
tout en tournoyant sur elle-même :
elle venait de se brûler les ailes.
Alors, pour abréger sa souffrance,
je la pris toute mourante, et,
l'ayant bien doucement enveloppée
d'une feuille de rose provenant
du bouquet qui se trouvait à ma
portée, je la précipitai ainsi en-
sevelie dans l'eau fraîche de la
carafe, d'où, quelques instants plus
tôt, je l'avais tirée avec de si grandes précautions. Enfin, me sentant
piqué d'une pointe de tristesse et
voulant clore l'incident, j'offris
comme hommage à l'éternelle fa-

talité l'expression des croyances et de la résignation musulmanes, résumée tout entière en ces deux mots du Coran : C'ÉTAIT ÉCRIT !

Avec cette sentence-là, quoi qu'il nous arrive de pis, en amour comme en guerre, notre impuissance ou notre vanité peuvent et pourront toujours à leur honneur se tirer d'affaire devant... *la déveine.*

AINSI SOIT-IL !

A PARIS

DES PRESSES DE D. JOUAUST

Rue Saint-Honoré, 338.

M DCCC LXXXII